Kotter Editorial
2020

coordenação editorial
Sálvio Nienkötter

editor executivo
Raul K. Souza

editora-adjunta
Isadora M. Castro Custódio

editor-assistente
Daniel Osiecki

capa
Maria Luiza Carvalho Rodrigues

projeto gráfico
Paula Villa Nova

produção
Cristiane Nienkötter

Dados Internacionais de Catalogação na Publicação (CIP)
Angélica Llacqua CRB-8/7057

Miranda, Jorge
Ontem | Jorge Miranda
Curitiba: Kotter Editorial, 2020.
70 p.
Tipo de Suporte: Papel

ISBN 978-65-80103-80-5

1. Poesia brasileira I. Título " Ontem"

CDD B869.1

19-2585

Kotter Editorial
Rua das Cerejeiras, 194
82700-510 | Curitiba/PR
+55 41 3585-5161
www.kotter.com.br | contato@kotter.com.br

1ª edição
2020

The Riddle we can guess
We speedily despise –
Not anything is stale so long
As Yesterday's surprise –

Emily Dickinson.

os calendários não contam o tempo
como os relógios.

Walter Benjamin.

O presente do passado é um cavalo
de *Troia.*

Susan Buck-Morss.

À memória das professoras
Geisa Firmo Gonçalves
e Heley de Abreu Silva Batista.

SUMÁRIO

ONTEM

Com sorte o ontem
não foi a mera desistência
do agora. Ainda que o desmontem
e o entreguem à revelia
de tudo que fenece,
de tudo que passa
e não mais se reconhece
no próprio rastro, sumo
da mais íntima essência
do que se é – ou era,
o ontem comungou-se em ontem
sobre tudo que não é mais divisa
(pois, de fato, não há divisas
ao que se é sendo, e consumado
persiste, não como esquecimento).

Eis a invencibilidade dos dias:
com sorte o ontem não foi
a mera desistência do agora.

A MANHÃ EM DECLIVE

A manhã em declive
é a mensagem ela mesma
a mensagem.

Ofício de frutos gastos e
indigestos que suportam
a esperança em estado de fadiga
- densa estação disruptiva -
quando haverá
de amadurecer as sementes,
as tramas, as gavetas?

A oeste da hóstia da História
abro as portas e as janelas de
minha casa, me assento em uma
cadeira de madeira e espero
a sacrossanta procissão do não.
Os dias têm nomes próprios.
As datas têm silêncios bilíngues.
:
a fenda-fala fala
a fenda-escuta escuta
e também a ficção é paisagem.

Amanhece: tanto faz

olhar para abril e chamá-lo
de outubro. Estas andorinhas
voando em bandos circulares,
estas fileiras móveis de formigas,
esta cerração baixa no útero do dia
são ilegíveis aos cidadãos do agora

- nada comunicam.

O ENTERRO

Enterrar um piano é muito mais fácil na primavera
quando os cachorros estão em silêncio,
quando as paredes estão limpas
e os cadeados estão abertos.

O difícil,
o realmente difícil,
não é ter um piano
ou cavar um buraco de dimensões tão
violentamente consideráveis nas quais se torne
não só plausível mas possível enterrar um piano
ou ter forças suficientes para, após ter retirado
tanta terra, ainda estar disposto a cumprir
a responsabilidade recíproca de lançar novamente
tanta terra retirada de volta ao lugar onde
por numerosos dias ali permaneceu disfarçadamente
intacta e que, até então, era chamado de chão
ao invés de ser chamado de buraco e, agora,
ser chamado de cova.

O difícil,
o realmente difícil,
é perceber em que momento do mosaico do mundo
está a primavera
e se nela ainda reside a licença necessária,
a desfaçatez conveniente e a polidez exigida
frente ao luto e à melancolia dispensados
a um piano que acaba de ser enterrado.

FALSO SIM

Provisório seja o nome. Das gavetas
úteis dos conceitos sobrem só as embalagens
de teses e outras liturgias de proveta
que a voz guardou para a próxima estiagem.

A escrita, essa mobilidade deslizante
da dúvida, tudo assegura e credita
- como uma janela que, embora basculante,
sempre permite ver uma paisagem mais bonita

do que as paredes cinzas, aqui tidas por brancas,
propondo ao cotidiano um bom cenário
de tautologias inéditas, dóceis e francas
livres de reveses do olhar alfandegário.

E, assim, a dicção do sim mata os seus vassalos
(para os ressuscitar nos recreios e intervalos).

CATÁLOGOS

A outra coleção de sinônimos
é mais recente que a esquecida
na última sentença. Ninguém
anotou a placa ou o nome
do condutor que embaralhou
os catálogos do passado
que qualquer rio-arquivo
poderia levar entrelinha abaixo.

Tanto acúmulo de si! Os céus
reivindicam: não é permitido
aos homens renegar os deuses

- pena que o conflito desmontado
dessa cena é residual e se destina
a cumprir a memória do monumento.

A IMEDIATA COURAÇA

A imediata couraça, a que melhor presta
para sangrar a consagração
do sim, do talvez, do não,
da ânsia sensível à rasa fresta

de instantaneamente ser: é ela que atesta
a invisível necessidade de proteção
frente a tanto sim, talvez e não
que encurtam a distância entre a testa

e os cotovelos. Pois bem: é isso.
Ainda existe a possibilidade de não ser.
Urge ser? Para quê? Para que tanta

pressa em ser se não ser é mais preciso?
O ontem mais imediato é capaz de convencer
qualquer hoje menos atento. Nada mais espanta.

TRÊS VÉSPERAS APOCALÍPTICAS

o dia
em que
os monges copistas
se tornarem
originais

o dia
em que
a experiência particular
voltar
a existir

o dia
em que
Deus
sofrer
amnésia

AS SOBREVIVÊNCIAS CRONOLÓGICAS

para On Kawara

Embaixo da data, outra data.

Escrevo o hoje por extenso:
dois de novembro de mil novecentos e noventa
e oito, quatorze de março de mil novecentos
e quatorze, dez de novembro de mil novecentos
e setenta e dois, dezenove de setembro de mil
novecentos e vinte e um, vinte de abril
de mil novecentos e noventa e sete, primeiro
de fevereiro de mil novecentos e trinta e cinco,
vinte e oito de setembro de mil novecentos
e sessenta e oito, nove de janeiro de mil novecentos e
quarenta e um, nove de agosto de mil novecentos e
noventa e sete, vinte e nove de setembro de mil
novecentos e cinquenta e três.

Os poetas ou dizem, ou fazem.
As datas dizem e fazem.

Tetelestai.

ESTES CAVALOS

Eu construí estes cavalos.

Das minhas mãos saiu
a aridez dos cascos
e todo o trote.

Corcel cúbico
onde eu avolumo
as semelhanças.
Eis a minha pele,
eis a cavossonante cavalgada
necessária ao contorno do corpo,
à concavidade do coice.

Eu construí estes cavalos
e a mim os devolvo.
Sejam livres e sejam culpados,
atropelem o gesto simples.
O afeto recolhido
entre rins e relinchos
é da ordem do pânico e do pedido.

Supus a esfera parcial:
antes da fratura
coube a mim dividir
a ceia entre os cínicos
e repartir as valas
entre os que não venceram.

Nada mais sobreviveu
como era: o dorso
do resto é a despaisagem,
o galope coxo dos olhos.

Eu construí estes cavalos.

HAGIOLOGIA SUBLUNAR

Também os santos têm a sua higiene
quando o conforto das mãos é a náusea
das ideias

Discretos, lavam o sujo do corpo
e zelam em favor dos moribundos.

Também os santos têm a sua higiene
quando a necessidade dos olhos é o excesso
das vontades

Prudentes, trocam o usado do corpo
e zelam em favor dos oprimidos.

ORDEM DE DESLOCAMENTOS

O rinoceronte no teto.
A estante na horizontal.
A máquina de lavar jornal.

A poltrona de elástico.
A margem do quarto.
O abajur aforismático.

O pássaro no quase do quadro.
A mesa nua de mulheres.
O porém dos talheres.

A fita cassete em aramaico.
O busto na mesa da cozinha.
O pitoresco promovido a pós-arcaico.

SALA DE ESTAR

A sala de ser é soberanamente impossível.

Esta não ocupa
o culto das coisas persistentes
a mobília do vazio.

Nenhum espaço de canto
é tão não.
Passa, quase habita.
Porque não pertence
assim existe.

Falso cômodo
e de tamanha lucidez
infla acúmulos de nada.

Este onde
é muito menos nosso
exatamente
agora.

Exatamente aqui.

BABEL

Guardei em ti, poema, a vergonha.
Dos pães que o tempo nos dava
antes tínhamos as migalhas.
Agora, te alimento com misérias
e o meu cálice não transborda.

Eu sou o homem que antigamente
contava aos homens que eles
eram homens. Antes da invenção
dos dias, das tardes e das noites,
o poema em lucidez se revelava.

Da gênese e do aborto, o incomum.
O mundo foi erguido errado,
de costas para o relâmpago
e alicerçado sobre prazos.
Todos os calendários estão cegos.

Sente, poema, em que te transformaste:
casa-cárcere, mosteiro-alcova,
hospício-igreja, pátria-exílio.
Onde sou expulso e diminuído
ali é o que entendo por linguagem.

Se fores pelo centro de ti mesmo,
poema, serás desperdiçado:
o tempo aguarda expor o que somos.
Mas se ainda assim fores,
esqueças por completo o caminho de volta.

UMA CERTA DISTÂNCIA

Recuo a uma certa distância
até que meu corpo consiga dançar
com os fósseis.

Estabeleço esse intervalo espacial
para, na arqueologia do entre lugar, ler
o medo.

Eis o medo:

medo

Uma herança. Uma hecatombe.
Na fundação do coração dos homens
está o desprezo.

Recuo porque sou medíocre.
Não há outro chão do qual parta
tamanha infelicidade.

Eu vejo os fósseis. Cumpram em mim
a recusa, a solenidade da censura
e do esquecimento.

CLIO

Alguns te supõem
mais visível que nós,
os humanos.

Só a tua
violência
não é estéril:

assim educas
os filhos e as filhas
da revolta.

No entanto,
nossa pele também é
carbono
e nosso fim
é comungar
o mesmo pó
e as mesmas cinzas.

A IDADE

homens frustrados ensinam seus filhos pouco frustrados como gerir um sistema que permita que outros homens mais frustrados possam conduzi-los a um pacote de medidas que não impeça que outros homens se tornem menos frustrados do que aqueles que suficientemente já o são de modo que todos os homens possam ser igualitariamente frustrados entre si. os que fazem parte desse sistema o chamam de "política". os que não fazem parte desse sistema o chamam de "literatura". os que simultaneamente fazem e não fazem parte desse sistema o chamam de "a idade do ferro".

À QUEIMA-ROUPA

Toda hesitação tem
surtido o efeito
contrário: por bem
ou por mal – de qualquer jeito –

não tomar partido
algum, não sair da bolha
onde o faz de conta faz sentido
se tornou a pior escolha

possível. Basta um suspiro
de dúvida e já se idolatra
o medo. Cuidado: o não tiro
também sai pela culatra.

O JARDIM CONTEMPORÂNEO

Um
crisântemo
cheirando a
pólvora
quando
os
relógios
marcavam
meio-dia:

a liturgia da violência
em pura floração.

O PESO DAS CATÁSTROFES

Postas na balança
a Shoah e a Chacina do Carandiru,
chega-se à conclusão de que
a menos importante
entre elas
é a balança.

Um siclo de joio para cada siclo de trigo
e um denário para cada cadáver:
assim se reparte o ódio entre os cães
e os seus senhores.

Do saldo dos escombros e dos cacos
esse gosto de sal sobre a terra que não nos é leve
não é um contrapeso à revelia.
Arde menos como matemática
do que como vértebra e seu aferimento
é a medida mais cínica situada
entre a barbárie e a justiça.

A MULHER ADÚLTERA CHEGA AOS NOSSOS DIAS

E estava Jesus, o Filho de Deus,
ensinando à multidão próximo ao templo
quando escribas e fariseus
se aproximaram, trazendo
uma mulher apanhada em ato de adultério.
E lhe disseram: - Messias, a lei de Moisés
nos manda que tal mulher morra
apedrejada. E tu, pois,
o que nos dizes?

E Pedro, interpondo-se a eles,
lhes disse:

- Todos vós pecais, inclusive ela;
porém, em vossas mãos há pedras
e, nas dela, pecado.
Não será tão mais pesado
o pecado do que as pedras?
Do "Faça-se" proferido pela boca
do Senhor foram criadas todas as pedras,
mas nenhum pecado.
Procedei com a justiça que melhor vos aprazerdes:
apedrejai esta mulher adúltera.

Um contemporâneo mandamento, portanto, vos dou:
mais vale o pecador morto do que convertido.
Feliz seja o servo justo do Altíssimo
que regozija na equidade de seus atos e
de suas palavras
e que condena o mundo pela lei,
não pela graça.

E não houve pedra que não tivesse
sido atirada.

AS BARATAS

Nem o egoísmo mais espesso
que ergueu esta cidade impede
que em minha casa entrem baratas.

Falta açúcar, farinha e gesso
para matá-las. Tudo fede.
A presença inoportuna e ingrata

de cada uma delas de repente
me gera compaixão e repugnância
condizentes a um inseto tão mesquinho.

Dispenso os pós: melhor tê-las entre os dentes.
Tanta vida ao redor desperta a ânsia
de querer novamente estar sozinho.

Em qualquer fresta elas se escondem:
no vão frio da parede ou nos vazios que regem
os cômodos, elas infestam copos e estojos

sobre a mesa. São livres para andar onde
bem querem, para ser o que bem querem:
tamanha liberdade me causa muito nojo.

ESTA RUA

Penso no contrito constrangimento
de se estar vivo
toda vez que tento atravessar
esta rua: é tão pungente,
como uma forma que só os olhos
de dentro conseguem ver
substancialmente. O restante
é o de sempre: o mesmo cenário
que dá bom dia ao vazio
preenchível das retinas, como
quem nada quer a não ser
passar sem ser percebido.

Este sou eu, completamente invisível.
Resta a vida, excessivamente vida,
e alguma tentativa de travessia.

AS MÃOS

Cada mão tem seu próprio desaprumo.
Se a vontade não fosse uma opção
impermeável, todo tempo seria rastro
e todo toque seria uma mancha a mais.

Luvas ou sabonetes: o hábito das mãos
- não na sua assepsia, mas no seu caos
na sua imundície, no seu asco
saliente, no seu reencontro com a pele

postiça do pó – é o que premedita
o regime e as gramáticas do gosto.
A rigidez dos poros é inconfessa
mas o que as mãos suam sempre fede.

CONTRASSENHA

Ninguém afirmou que seria fácil.
Atirar o caráter onde aponta
a contrabússola do imediato
de nada bastou no final das contas.

O plausível do futuro apavora.
Quem com linhas tortas desenhou certo
um belo castelo se entusiasma,

porém não compreendeu que o agora
apenas quis um rabisco, decerto
suficiente para seus fantasmas.

ELIPSE ÍNTIMA

Nós não temos pressa. Pressa alguma,
por sinal, em reatar as desculpas
do nome, do erro, do desejo.
Tudo é, e é, e ainda que suma
do relevo dos índices, a quem interessa
o covil rasteiro do agora, o vestígio
deixado supera a dúvida dos intervalos.
Entenda: nós não temos pressa.

Pressa alguma. Devagar segue, velocidade
insistência reincidente: furtiva,
tempestuosa, brutal calamidade
de nossas certezas que são como tudo.
O resto passa na urgência quase viva
do insosso azeite do porém e do contudo.

A ESTALACTITE

Ser uma estalactite

(estagnada no tempo
preocupada unicamente
em afastar-se do
próprio eixo até que
alcance, graças à
força da gravidade
e ao silencioso
movimento da água
e de incontáveis sais,
o chão

- ou, com sorte,
ser tocada por um
turista, um visitante,
um mal espeleólogo
e, de repente,
desprender-se de si
e, tocando o chão
de outra forma,
esfarelar-se por completo)

inerte.

DA SUBJETIVIDADE APARENTE

Há quem de fato
se deu um eu
para si – e ainda
assim, mais do que se dar, cedeu

ao gosto do outro
ao tato do outro
à superfície do outro
para ser, por fim,

um si – talvez um *self*
ou outra sorte de malogro.
O outro é outro outro:
eu é só um logro.

DA SUBJETIVIDADE ESSENCIAL

Este eu, do qual você tanto
se orgulha, já não passa
de um outro. Evite o espanto
e dissolva-se na fumaça
limítrofe do que foi o eu,
essa vil e valiosa medalha
a qual tanto se ostenta no breu
que você é. Entre despojos e mortalhas,
este eu, do qual você tanto
se orgulha, já não passa
de um outro - que é você. Entretanto,

como esboço de si, é sempre raso:
continua sendo a mesma carcaça
com os mesmos velhos prazos.

DOS ASSENTOS

Tire o encosto de uma cadeira
e *voi-lá*! teremos um banco.
Tão fácil, com um solavanco
seu “ser-em-si” virou poeira.

Outros testes, de brincadeira,
hão de apontar a mesma arte:
o todo não excede as partes
e toda essência é corriqueira.

Seu 2 é a soma de 1 + 1?
Pois o meu, de 0 + 2.
Qual soma é menos inteira?

Na verdade, “todo” e “nenhum”
tornam-se postiços depois
que o banco volta a ser cadeira.

A DOBRADIÇA

Ninguém supôs uma dobradiça ciente
de si ou de seu peculiar exercício
de fechar e de abrir e repetidamente
voltar a fazer o mesmo do mesmo ofício.

Sem saber seu para quê, toda dobradiça
é exatamente o que é. Sem manual,
nem vetor, truques ou técnicas movediças.
Ser uma dobradiça é o seu natural.

O ESPELHO

Dos palcos, o menor – pois, sendo iguais,
são véspera de engano. Como vês,
a vida se dispõe sempre a ser mais.
Comecemos assim: era uma vez,

no triste reino do fundo do poço,
um homem que entendeu, não pela alcunha,
que esta vida não é um mero esboço
de si, como um verso que se rascunha

com ais e outros tantos impropérios.
A vida, seja templo ou manicômio,
não vale o sadismo dos vitupérios
ou a pretensa soma dos encômios.

Viver, amigo, tem lá a sua glória
e essa em muito pouco se difere
de permitir-se que – moral da história –,
finalmente, o homem vença o alferes.

O IMPROVISO

Queda também é forma de andar pra frente:
machuca, sangra, deixa uma cicatriz
mas não nos deixa mais tão indiferentes
ao que se quis e não se foi, por um triz.

Cada palco pede seu devido calço.
Ainda que a cena seja um desaprumo
de questões bobas de verdadeiro ou falso,
errar as rotas da dália é um bom rumo.

Somente a glória dos fracassos perdura
mais que o brilho cego do sim e o barulho
infértil dos títulos e dos cadastros.

Se o cair amanhece a envergadura
da decência e atrofia o vil orgulho,
façamos mais rastros. Façamos mais rastros

ABRAÃO ADVERTE OS POETAS

É terminantemente proibido aos poetas

arar, semear, colher, agrupar a colheita,
debulhar, dispersar
semente ao vento,
selecionar e separar, moer, peneirar, fazer massa, assar,
tosquiar, lavar tecido, desembaraçar a lã, tingir, fiar,
esticar o fio
para tecer, passar o fio entre dois anéis,
tecer, desfazer fios, atar, desatar, cortar, costurar, rasgar
intencionando suturar,
caçar, abater, pelar o couro, curtir o couro,
marcar o couro, alisar o couro,
acender fogo, apagar fogo,
escrever, apagar,
transportar,
terminar manufatura,
construir, demolir

aos sábados.

Até que o véu do templo se rasgue em dois,
de alto a baixo,
a entrada no Santo dos Santos é permitida
somente ao Sumo Sacerdote.

ENSAIO I

Não se faz um fazedor com martelos
e encaixes. É outra a sua matéria
– menos viscosa que veias e artérias:
escolhemos um ofício sem *telos*

que, provavelmente, tem como *pathos*
as palavras compensarem os atos –.

ENSAIO II

Um fazedor, com sua compostura
de sempre, entende que ideias afins
advém não do coração, mas dos rins.

Os ornamentos são como um adágio:
úteis – até o primeiro pedágio.

AUTOTRADUÇÃO

Deixar que a mão esquerda coce
o que só a mão direita alcança

(em seguida, tentar as possibilidades
que os pés oferecem).

ARTE POÉTICA

Deite-se no chão de barriga para cima.
Em seguida, vire-se a 45 graus para um dos lados
apoiando a cabeça no braço
que melhor convir.
Fique assim até não mais sentir
a circulação regular do sangue
passar pelo membro e advir
certa contração muscular súbita e incômoda
que o justifique a se levantar para
procurar em um dicionário qualquer
como se escreve a palavra

cãibra.

EXTRA

90% desta notícia
é plausível. O restante, talvez,
dependa do repórter, da perícia
de se fabricar, de um tolo, um freguês.

(Mas *isto* não é um jornal. Sim, creia
que o é – apesar desta acidez –
e assim será. Ouça agora a sereia
cantando mil lorotas de uma vez).

Há sim, realmente, quem bem observe
o quanto "mentira" rima com "lira"
tanto quanto rima com "flor" ou "verve".
De fato, cada réu respeita a Musa
que melhor lhe inspira ou melhor lhe serve

(ou, pelo menos, a que não lhe acusa).

ESBOÇO DE NOTA DE ESCLARECIMENTO AOS CONVIDADOS

O museu do agora está aberto.
A vernissage-do-já custeada com propina
supera toda a expectativa proposta

nos folhetins e nos almanaques. Certo
está o anjo da História que, só vendo ruínas,
não precisa continuar voando de costas.

A CORRIDA PÓS-MODERNA

Quem chegar por último é o
novo.

O CÂNONE-MERCADORIA

"Volte sempre!",
já dizia o supermercado da História.

Na promoção da tradição,
leve um
e pague todos.

DOIS FUTUROS

Mínimo exercício desonesto:
escrever com a mão direita uma ode
e, com a mão esquerda, um protesto.

Feliz seja o ambidestro.

BREVE REVISÃO ESCATOLÓGICA

Das coisas mais aptas aos corações
dos homens, de fato uma espanta
bem mais que as demais: à luz

do mundo, só o nome de Jesus
salva, o que não se sabe se adianta
já que frivolidade não aceita abstenções.

Talvez, por isso, nada mais engana
e consola do que a predestinação
(que, para toda causa, mais alarma

do que explica o caos de todo carma):
tudo já era previsto - sendo a única exceção
a tamanha estupidez humana.

QUANDO

É possível dissecar o mel
saturado das vésperas
quando os dias nublam
a coincidência informe
de uma nuvem ser exatamente
uma nuvem - como esta, agora.

Quando o efêmero decantado
no gosto exato da promessa
sucumbe no eixo da própria
doçura, uma outra vértebra
menos passageira floresce
e o relâmpago do nome
se acende e se revela:

a vingança é este mel
em estado de espera.

SIGIONOTE

Não viemos para sagrar estas dúvidas:
o tempo gera os seus próprios haveres.

João Vário. *Exemplos.*

Eu não posso salvar a mim mesmo
que dirá os mortos.

Eu não posso salvar os mortos
que dirá a mim mesmo.

Eu não sou o cordeiro de Deus
que tira o pecado do mundo.
O ínfimo grão de areia
que entope o estrangulamento
da ampulheta
este também não sou.

Ah, mundo amalgamado
cujas ruínas não são cacos ou fragmentos
mas um piche, uma gosma na qual
tudo se funde e se derrete

conta-me o que eu não sou,
onde menos eu sei ser,
para que eu não estou sendo.

A IMUNDÍCIE DA CASA

A imundície da casa menos a casa
é o que eu lhe ofereço.

Os antigos donos e suas memórias
acumuladas em hipotecas
lavaram as mãos, os pés e as vidraças das janelas
antes de irem embora. Não houve
filho ou filha que percebesse
na hospitalidade ali repousada
o decreto do tempo despertando
no albergue dos olhos
um novo calendário.

As paredes mais parecem
erosões postas na vertical.
A desordem atravessa o coração
dos homens como uma rachadura
desfazendo a distinção entre dois cômodos.
O oco da morada é um vestígio
e todos os seus costumes estão soterrados
desde o momento em que foram entregues
à própria sorte. A lei natural de qualquer casa
é sucumbir.

A desonestidade das hipóteses.
A arquitetura da contramão.
Qual dentre os nossos herdeiros
soletrou as desavenças do mundo?

A casa menos a casa é a sua própria imundície
- mais que própria: inteira.

Fevereiro 2068

Dom	Seg	Ter	Qua	Qui	Sex	Sáb
			1	2	3	4
5	6	7	8	9	10	11
12	13	14	15	16	17	18
19	20	21	22	23	24	25
26	27	28	29			

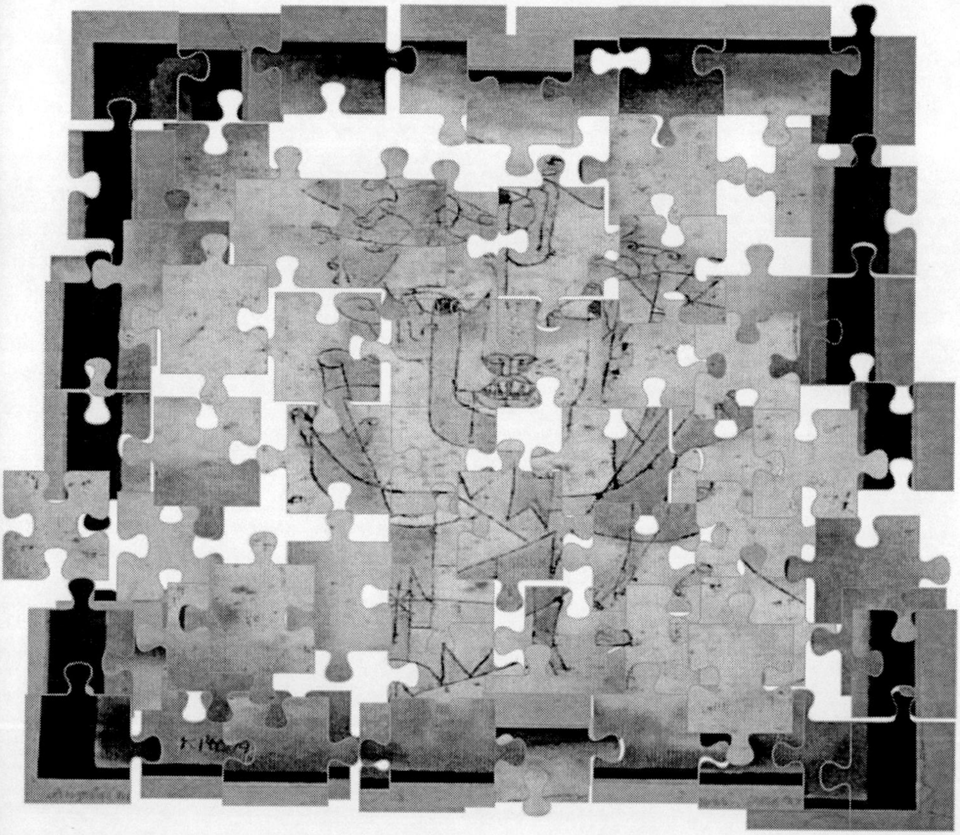

A MÁQUINA DO MUNDO EMPERRADA

Deposito as minhas cinzas no receptáculo
da flor que me foi ofertada
por uma passante. É um espetáculo
sutil e privado que nego à manada

de desesperados por uma migalha
de atenção e de fama a qualquer preço.
Não há nada que tão puro se equivalha
ao sumir na multidão. Tão rápido desapareço

e me perco de vista de mim mesmo
que suponho ter entrado errado em alguma
passagem ou galeria, como quando resmo
uma ata entre outras atas sem função nenhuma

a não ser tornar-se um calhamaço
a mais de obrigações em excesso.
Monótona burocracia da qual faço
meu consentimento em nome do progresso.

Que progresso? Essa tediosa e ranzinza
experiência de sempre se supor adiante
do próprio tempo é vil até para as cinzas
depositadas numa flor ofertada por uma passante.

Contudo, a cinza isolada em flor não perturba
a cidade, o comércio, a polícia, a vetusta
bolsa de valores, a apatia dinâmica da turba
e todo o descompassar das coisas. Não me assusta

se, no impacto incônscio com um transeunte,
a cósmica arquitetura fosse a mim revelada
e eu constatasse, entre engrenagens e rejuntes,
que a máquina do mundo está emperrada.

Sim, a máquina do mundo está emperrada.
Cada arco não acelerou nem retrocedeu
ao próprio sistema. Tampouco foi uma enxada,
uma foice ou um pau que desmembrou Orfeu

pelas mãos das mênades o artefato operante
do emperramento. Minúsculo, sequer deduzo
qual engenho poderia ter sido triunfante
sobre a maquinaria áurea. Não cogito: reduzo

o que percebo ao delírio, à vesânia, à ideia
rente ao chão que piso. Porém até o pensar retarda.
O civil intelecto tenta encaixar Cassiopeia
compactada no pequeno grão de uma mostarda

- e fracassa. O núcleo dos ciclos e esferas exposto
ao abismo da estagnação é um zero inato,
um infinito simultaneamente posto e não posto
em sua própria harmonia. Eis o que constato,

isento de caos e de aporia. Um êxtase pênsil
me impele a inquirir a resposta que almejo.
Eis o âmago do alfa e do ômega. Silêncio.
O ser do cerne é total. Enfim a vejo:

flama excelsa, etérea e elemental, majestosa
e circunspecta – e emperrada. A razão
para tamanha fábrica ceder-se ociosa
sobre o próprio ofício é espantosa. Comoção,

pavor e maravilha. Um iluminado assombro,
exato e perplexo, elucida-me a ciência.
A máquina do mundo escolheu por escombro
emperrar-se: parou por desistência.

Como se a inércia fosse uma verdade paralela,
decidiu por definitivo estar parada.
Cada engrenagem imóvel é uma estela
em homenagem a uma alma néscia e equivocada.

(sim, a máquina do mundo está emperrada).

AS REGRAS MÍSTICAS

Passarinhos não têm máscara mortuária.
Em porta podre não compensa botar tranca.
Não existem deputados na Zona Franca.
É melhor ser invisível que ubiquitária.

Ninguém mais tematiza Deus, mas Ele existe.
Não há listas telefônicas em escolas.
Não se formam poças d'água em quebra-molas.
É melhor ser da classe média que ser triste.

Jamais se formam arco-íris em setembro.
Nenhuma testemunha de Jeová à porta
bate às quartas-feiras no intervalo do almoço.

Não há luz nem no fim do túnel nem no fosso.
O nada mais nada que realmente importa
é ser feliz – mas como sê-lo eu não me lembro.

PARACOSMOLOGIA

Quando Vishnu assoprou a concha mística,
o Vazio original dançou a luz
primeira sobre a encruzilhada eclíptica
a qual o Infinito sempre fez jus.

Jeová, então, podou a cabalística
Árvore cujo lenho seria a cruz
do mundo, percebendo nisso a heurística
para a Trindade não ser triz nem ser truz.

Os Seres Viventes, junto às atalaias
do Caos, viram no Cosmos uma metáfora:
Vishnu assoprara alguma verdade.

E assim tudo se fez – inclusive a laia
de mendigos e pivetes de semáforo
ansiosos pela tal de alteridade.

O POETA

O poeta volta para casa
e traz consigo dois cacaus
colhidos no tempo errado.

Nascidos de ponta cabeça,
os dois cacaus são bonitos
mas inúteis a quem nada
sabe fazer à base de cacaus.

O poeta carrega os cacaus
abraçando-os como a
dois filhos muito queridos.

O poeta não sabe nenhuma
receita à base de cacaus.
Ao chegar em casa, o poeta
não irá cortá-los nem irá fervê-los.

O poeta colocará os dois cacaus
sobre a mesa e, por bastante tempo,
se contentará em apenas olhá-los.

Para o poeta, algo da ordem
do Absoluto e do Imanifesto
está bem prestes a acontecer.

O poeta possui uma casa.
Nessa casa, há uma mesa e,
sobre ela, estão dois cacaus.
O poeta está vivo.

Nada de muito espantoso acontece.

HOJE

Hoje o céu ao entardecer se cobriu
de tons de laranja e cor-de-rosa
como há muito tempo não se via
para este mês e para esta estação.
De fato, só o melhor observador viu
esse fugaz espetáculo de enganosas
nuvens que moldaram o fim do dia
com as cores mais inéditas à percepção.

Se a vida é o intervalo entre dois silêncios
de fato é bem prudente saber calar a boca
frente ao que o olhar já não pôde
mais aderir. Eis o fim.

O bom senso
então indaga à memória, cega e rouca:

que dia exatamente foi hoje?

NOTA

O calendário da página 109 e o quebra-cabeça da página 111 contém a imagem do quadro Angelus Novus, do pintor expressionista Paul Klee (18/12/1879 – 29/06/1940), pintado em 1920. Disponível em domínio público em https://www.imj.org.il/en/collections/199799.

AGRADECIMENTOS

Ao Alysson Eler, a Nicole Alvarenga e a Berenice Hallais França pelas leituras e retornos. Ao Igor Marlon e ao Rafael Farrer pela disponibilidade em meio à indisponibilidade.

Impresso em papel Pólen Bold 90gr m^2,
tipologia Adobe Caslon Pro 12/16, no verão de 2020.